DACKEL POST

Die ersten 25 Briefe

herausgegeben von Cordula Carla Gerndt
mit Illustrationen von Jan Saße

BoD Verlag

Bibliografische Information der Deutschen Nationalbibliothek: Die Deutsche Nationalbibliothek verzeichnet diese Publikation in der Deutschen Nationalbibliografie; detaillierte bibliografische Daten sind im Internet über dnb.de abrufbar.

ISBN 978-3-750-46221-2

Illustrationen: Jan Saße
Covergestaltung: Marie Doerfler
Satz: DOPPELPUNKT, Stuttgart
Herstellung und Verlag: BoD – Books on Demand, Norderstedt

25 Briefe

Dackelkenner?!

Ein Dackel ist ein Dackel.

Wir Dachshunde, ganz gleich ob Langhaar, Kurzhaar oder Rauhaar (so wie ich), sind nicht schlicht und einfach eine Hunderasse. Oh nein! Bei uns Dackeln handelt es sich um eine vollkommen eigenständige Spezies, die jeder Mensch (er)kennen sollte. Zum Glück wissen die meisten Leute, denen ich in der bayrischen Isarmetropole begegne, wen sie vor sich haben. Sie kommentieren meine Erscheinung mit einem „Ach, wie süß, ein Dackel!" – „Schaug amoi, a Dackerl!" – „Des is aber a fescher Kerl!" – „Mei, ein echter Waldi!" ... Denn auch wenn wir Dackel uns bodennah bewegen und gerade mal menschliche Wadlhöhe erreichen, ziehen wir doch die Blicke auf uns. Wir sind geborene Mittelpunkthunde, auch wenn wir kurzbeinig und klein sind.

Mit den Bemerkungen, die täglich über mich gemacht werden, könnte ich locker ein ganzes Buch füllen. Besonders gut hat mir zum Beispiel neulich die sehr exakte Beschreibung eines etwa 5-jährigen Jungen gefallen, der schwungvoll mit seinem Kickboard an mir vorbeirollerte. Er sah mich im Vorbeifahren an und rief: „Mama! Das ist ein Dackel! Er hat riiiiiesige Ohren. Er hat gaaaanz kurze Beine. Und er ist seeeeehr lang!" Ich fühlte mich durch und durch erkannt und war darüber so glücklich, dass ich gleich ausgiebig die nächste Straßenecke markierte. Ein wahrer Dackelkenner!

Ein paar Stunden später, bei der abendlichen Spazierrunde mit meinem Frauchen um den Block, folgte dann allerdings die Ernüchterung. Wieder lief ein Junge mit seiner Mutter an mir vorbei. Dieser sah mich ebenfalls aufmerksam an und rief dann freudig: „Mama, schau mal: ein Labrador!"

Ich stelle fest: Es ist noch einiges an Aufklärungsarbeit zu leisten. Denn: Ein Dackel ist nicht einfach ein Hund. Und schon gar kein Labrador. Ein Dackel ist ein Dackel!

Es grüßt
aus der Weltstadt mit Herz

 Pepe

Wurstthekensyndrom

Mein Frauchen behauptet, ich hätte das *Wurstthekensyndrom*. Leider neigt meine Rudelführerin manchmal zu Worten, die sich mir nur schwer erschließen. Schlicht und einfach *Wurst* würde vollkommen ausreichen. Da gibt es nichts hinzuzufügen. Kurz und knapp ist mir Kommunikation sowieso am liebsten. Zum Beispiel: Pepe. Hier. Sitz. Fein. Wurst.

Ich habe lange gebraucht, um das Unwort Wurstthekensyndrom in seiner ganzen Bedeutung zu durchdringen. Zuerst dachte ich ja, ich sei krank. Mein Frauchen sieht ihr Gegenüber nämlich leicht gequält und irgendwie entschuldigend an, wenn sie, mit einem kurzen Seitenblick auf mich, sagt: „Mein Dackel hat das Wurstthekensyndrom."

Doch mittlerweile weiß ich, es ist nichts Ernstes. Ich bin weder krank noch habe ich eine Wurstallergie. Im Grunde ist die Sache ganz harmlos und einfach nur meiner Dackelschlauheit geschuldet. Aber ich muss etwas ausholen und gedanklich in meine Kindheit zurückkehren, um euch zu erzählen, wie das Wurstthekensyndrom bei mir entstanden ist.

Also, ich war noch klein und lernte gerade erst, die Welt zu verstehen, als ich einmal folgende freudige Erfahrung machte. Mein Frauchen betrat mit mir einen großen Raum (später lernte ich: Es war ein Geschäft). Dort stand ein Mensch hinter einer etwa hüfthohen Barriere (später lernte ich: Das war eine Theke). Der Mensch lächelte freundlich, beugte sich über die Barriere und nannte mich einen besonders hübschen Kerl. Dann sah er mein Frauchen an, fragte, ob ich was haben dürfe, und als sie nickte, reichte mir der nette Mensch ein Stück Wurst. Natürlich merkte ich mir das. Positive Erfahrungen speichere ich unauslöschlich in meinem Dackelhirn.

Und was soll ich euch sagen? Es klappt seither fast an jeder Theke: Mal gibt's ein Stück Wurst, mal was zum Knabbern, mal ein Eckchen Käse und manchmal sogar einen kleinen Knochen. Es ist erstaunlich, was Menschen so alles hervorzaubern können. Und manchmal – jetzt kommt's! – klappt es auch nicht. Da stehe ich dann erwartungsfroh, wedle, schaue mit Dackelblick, fiepe, aber der Mensch hinter der Theke rückt nichts raus. Ich gehe dann auf Nummer Sicher, umrunde die Theke und frage noch mal freundlich nach: wedeln, Dackelblick, fiepen, stupsen, vielleicht auch ein kurzer, knapper Beller.

Und genau in solchen Momenten erklärt dann mein Frauchen mit erhobenen Augenbrauen: „Pepe hat das Wurstthekensyndrom. Ganz gleich, ob wir in einer Postfiliale, in einem Reinigungsgeschäft oder bei der Sparkasse sind."

Nun, ich bin ein durch und durch positiv denkender Hund. Ich glaube an glückliche Zufälle. Wenn es eine Theke mit einem Menschen dahinter gibt, dann pflege ich mein Wurstthekensyndrom. Es klappt ja meistens. Und falls es tatsächlich mal gar nichts gibt, nicht mal ein paar Streicheleinheiten oder nette Worte, dann ist mir das auch wurscht.

Es grüßt
mit Münchner Weißwurstgeruch in der Nase

 Pepe

Eigene Wege

Neulich war ich ein paar Tage krank. Nichts Ernstes. Nur etwas unpässlich. Mein Frauchen merkt mir das natürlich gleich an. Meine Rute sinkt dann zwischen die Hinterbeine. Meine Schlappohren hängen schlapp herab. Ich bin deprimiert und starre die Wand an. Und ich hab auch keine Lust rauszugehen oder was zu spielen. Ich ziehe mich in solchen Momenten gerne zurück. Statt in meinem Hundekörbchen rolle ich mich auf dem Badezimmerteppich zusammen. Der ist schön flauschig. Und im Bad habe ich meine Ruhe.

Spätestens wenn mein Frauchen mich dort entdeckt, macht sie sich Sorgen. „Pepe, was ist mit dir? Bist du krank? Was ist los?", fragt sie, während sie mir über den Kopf streichelt. Aber leider kann ich ihr keine Antwort geben. Ich weiß ja selbst nicht so genau, was ich habe. Vielleicht einen Pfützenwasservirus. Oder einen rheumatischen Anfall. Oder einfach nur eine Zecke zu viel.

Aber: Meine Unpässlichkeit war der Auslöser eines ganz außergewöhnlichen Erlebnisses, von dem ich euch erzählen will. Am zweiten Tag meines Badezimmerrückzugs sagt mein Frauchen plötzlich: „Pepe, wir gehen jetzt raus, damit du pieseln kannst. Und weil ich keine Ahnung habe, wie fit du bist, bestimmst *du* heute, wohin du laufen willst und wie lange wir unterwegs sind. Die kleine Blockrunde oder ein größerer Isarspaziergang. Mach einfach, was dir gut tut. Du bist heute der Bestimmer."

Und tatsächlich: Vor der Haustür klinkt mein Frauchen die Leine aus und sagt noch mal: „Geh du voran, Pepe. Du bist der Bestimmer. Ich folge dir."

Ich sag's euch, Leute, da sind in mir aber gleich jede Menge Lebensgeister erwacht. Die Schlappheit war wie weggeblasen. Ich musste gar nicht lange nachdenken. Ich wusste sofort, wo ich hin will. Links aus dem Haus raus. Dann die erste Straße queren. Natürlich brav am Straßenrand warten, bis mein Frauchen das Kommando zum Gehen gibt. Dann über den Zebrastreifen. Den kleinen Hügel am Rande des Alten Südfriedhofs hinunter. Durch den Friedhof darf ich leider nicht. Hunde verboten! Obwohl man da so schön Eichhörnchen jagen könnte. Und eine Abkürzung wäre es außerdem. Gut, also außen dran vorbei, an der Straßenecke mit den vielen interessanten Pieselnachrichten rechts abbiegen. Schnurstracks immer geradeaus. Ein paar weitere kleine Straßen queren. Ab und zu blicke ich mich um und sehe: Mein Frauchen folgt mir ganz brav. Und das ohne Leine!

Links führt die Straße zum Haus meines besten Freundes Timmy. Er ist ein ebenso cooler Rauhaardackel wie ich. Wir haben immer viel Spaß zusammen. Aber heute biege ich nicht nach links ab, sondern tappele noch ein Stück geradeaus. Dann scharf rechts. Da ist es, mein Ziel! Zum Glück steht die Tür offen. Es ist ein warmer Tag. Ich spaziere also zielgerichtet hinein und suche mir das aus, was mir zusagt. Gerade als ich alle Waren vor der Theke zusammengetragen habe, kommt auch mein Frauchen. Auf den letzten Metern habe ich sie abgehängt. Ich wedle freudig mit dem Schwanz. Sie braucht nur noch zu bezahlen.

Rock a dog ist mein Lieblingsladen. Es gibt dort die besten Hundeleckerlis der Stadt!

Auf dem Rückweg schlage ich den direkten Weg ein. Mit einem klitzekleinen Schlenker vorbei an Helens Kleiderladen. Dort bekomme ich immer etwas Feines – egal, ob mein Frauchen einkauft oder nicht. Es klappt auch heute. Genau die richtige Stärkung für das letzte Wegstück.

Zuhause bin ich bester Laune. Es war eine tolle Idee, mich eigene Wege gehen zu lassen. Das hat mich wieder in meine Kraft gebracht. Abends bin ich allerdings doch recht müde. Es ist nämlich auch anstrengend, der Bestimmer zu sein. Jetzt erst erkenne ich, was mein

Frauchen da als Alpha-Tier im Rudel jeden Tag leistet. Ständig überlegt sie sich tolle neue Spazierrouten. Ich liebe es, ihr zu folgen. Ich habe das beste Frauchen der Welt!

Es grüßt
putzmunter und pumperlgsund

 *Pepe*

Beruf und Berufung

Ich mache jetzt drei Wochen Sommerpause. Auch ein Hund braucht mal eine Auszeit. Gerade bei meinem intensiven Wirken in der Welt ist das unerlässlich. Menschen denken ja oft: Hund = fauler Hund. Doch weit gefehlt: Als Hund kann man sehr bedeutende Aufgaben übernehmen. Und jeder Vierbeiner hat seine eigene Berufung. Mir allerdings ist die Berufswahl nicht leicht gefallen, muss ich sagen. Vielleicht weil ich so ein besonders talentierter, vielseitiger und neugieriger Dackel bin.

Die erste Option, die mir naturgemäß offenstand, war *Jagdhund*. Spezialgebiet: Tiefenarbeit im Fuchs- und Dachsbau. Doch obwohl ich schon in jungen Jahren die Begleithundeprüfung des Deutschen Jagdhundeverbands mit Auszeichnung bestand, habe ich mich gegen eine jagdliche Laufbahn entschieden. Ich bin einfach zu gesellig für so einen Job. Mir liegt es nicht, stundenlang still im Wald auszuharren. Und ich würde den Fuchs lieber zum Spielen auffordern, als ihn in seinem unterirdischen Bau zum Zweikampf herauszufordern. Wenn mein Labrador-Freund Jocco mir von seinen Abenteuern bei der Wasserjagd erzählt, höre ich immer mit großen Ohren zu. Aber für mich wäre das nichts!

Eine weitere Option war: *Haus- und Hofhund*. Doch dafür fehlt mir leider Haus und Hof. Eine 2-Zimmer-Wohnung im 2. Stock ist nicht das, was man Tag und Nacht verteidigen muss. *Lawinenhund* kam nicht wirklich in Frage. Ich versinke beim geringsten Wintereinbruch bis zur Brust im Schnee. *Blindenhund* – leider ebenfalls unpassend. Ich erkenne nicht, ob der Ball, mit dem ich gerade spiele, grün oder rot ist.

Hauptsache, er ist rund und rollt. Die Ausbildung zum *Besuchshund* in sozialen Einrichtungen habe ich dagegen mit gutem Ergebnis absolviert. Aber als Besuchsdackel wirst du einfach eingeteilt und sollst über Monate Frau X besuchen, obwohl du vielleicht lieber mit Frau Z kuscheln oder nach Lust und Laune im Seniorenheim von Zimmer zu Zimmer strolchen willst. Ich bin Individualist. Ich suche mir gerne selber aus, wen ich wann und wo und wie lange besuche.

Zuletzt stand noch die Option *Couchpotato ohne spezifische Aufgabe* zur Wahl. Viele Hunde nehmen diesen Job mit Kusshand. Du liegst einfach rum, fusselst das Sofa voll und bist dir selbst genug. Aber das erschien mir für die Dauer eines ganzen Dackellebens doch etwas fad. Außerdem lässt mich mein Frauchen auch gar nicht alleine aufs Sofa.

Doch dann habe ich meinen Ruf vernommen. Laut und deutlich. Ich habe einfach das zu meiner Lebensaufgabe gemacht, was ich sowieso ständig tue und am besten kann: Dasein und Wirken. Und zwar im öffentlichen Raum. Auf der Straße. In der U-Bahn.

Beim Busfahren. Im Café. Im Restaurant. In Geschäften aller Art. Auf Bürgersteigen und Plätzen. Ich bin ein *Streetworker*. Ich bin Spezialist für Nähe und Kontakt im Alltag. Ich baue Brücken und öffne Herzen. Einfach so.

Wie ich das genau mache, erzähle ich euch anhand konkreter Beispiele in meinem nächsten Rundbrief. Jetzt bin ich, wie gesagt, erst mal für eine Weile offline: ohne Halsband und Leine in meinem Sommergartendomizil.

Es grüßt
faul im Schatten liegend

 *Pepe*

Streetworker

Meine Sommerpause ist vorbei. Seit einer Woche bin ich wieder im Einsatz. Die ersten Tage nach dem Urlaub sind stressig für mich. Ich muss mein gesamtes Revier konsequent neu markieren. An jeder Ecke haben sich Nachrichten angesammelt. Die gilt es aufmerksam zu lesen und zu beantworten. So ein Wiedereinfindungs-Spaziergang quer durchs Viertel dauert locker doppelt so lang wie eine normale Hunderunde. Mein Frauchen wird dann ungeduldig. Aber was soll ich euch sagen: Sie selbst sitzt nach Ferienende auch stundenlang am Schreibtisch und liest und tippt Nachrichten. So ist das eben, wenn man seine Netzwerke pflegt.

Neben den Routinetätigkeiten wartet aber auch intensive Streetworking-Arbeit auf mich. Zum Beispiel neulich in der U-Bahn. Mein Frauchen und ich waren auf dem Weg zum Hundefrisör. Ja, das steht leider an (meint mein Frauchen) nach einer dreiwöchigen Sommerpause mit viel Erdbuddelarbeiten, ausgiebigem Wälzen im Matsch und Waldläufen durchs Unterholz. Ich werde dann einmal komplett durchshampooniert und mein Rauhaar frisch getrimmt. Natürlich bin ich froh, wenn keine Flöhe mehr jucken, aber den Feld-Wald-und-Wiesen-Geruch vermisse ich!

Doch ich schweife ab. Zurück zum Streetworking. Schon auf der Rolltreppe zum U-Bahnsteig bringe ich Menschen zum Lächeln. Ich tue nichts weiter als auf die rollende Treppe zu spazieren, Platz zu nehmen und runterzufahren. Den Leuten gefällt das irgendwie. Unten auf dem Bahnsteig geht's dann gleich weiter. Ich stupse eine ältere Dame auf der Wartebank an, die sich freudig zu mir herunterbeugt und mir den Nacken krault. Ihre Einsamkeit, die ich schon auf der Rolltreppe gerochen habe, verfliegt im Nu. Einen leicht alkoholisierten Mann dagegen weise ich mit einem knappen Beller in die Schranken. Er fixiert mich unangenehm mit seinen glasigen Augen. Das mag ich nicht! Als die U-Bahn einfährt ist mein Frauchen mit vier jungen Männern im Gespräch, die mich *cool* finden und nach meinem Namen fragen. So etwas mache ich nebenbei: Gesprächsanlässe schaffen.

Sehr viele Menschen strömen aus dem eingefahrenen Zug. Da muss ich meine Nase anstrengen, um die Gerüche zu sortieren. Diesmal ist es einfach. Direkt am Eingang des Wagons wittere ich ein ängstliches Kind. Das ist mein Spezialgebiet: Ängste abbauen, Vertrauen schaffen, Spaß bringen. Ich tappe zielstrebig zum Buggy mit dem kleinen Jungen. Er befindet sich genau auf Dackelhöhe. Ein kurzer Nasenstupser ans Bein der Mutter, um ihr zu zeigen: Ich bin da. Ich kümmere mich. Sobald mich ihr freundliches Lächeln erreicht und ich Sätze höre wie „Das ist aber ein ganz Lieber!“, „Schau mal, Klausi, ein Wau-Wau!“, beginne ich mit der Arbeit. Die feuchte Nase ans weiche Kinderbeinchen legen, einmal kurz über das Händchen schlecken, mit meinen samtweichen Schlappohren schlackern. Die U-Bahn fährt los, und ich kann riechen, dass die Angst des Kindes verfliegt. Der Junge ist so beschäftigt mit mir, dass er vergisst, im Tunnel panisch zu brüllen. Die Mutter des Kleinen ist wie befreit und bedankt sich bei meinem Frauchen, dass das Schreikonzert ein Ende hat. Ich schnuppere Erleichterung rundum. Zufrieden mit meinem Arbeitseinsatz verbreite ich allgemein noch etwas gute Laune durch Schwanzwedeln, hier und da anstupsen, Kopf schräg legen und Dackelblick. Als mein Frauchen und ich aussteigen, riecht es in dem sonst recht muffigen U-Bahnwagen nach Herzensfreude. Ich nehme einen tiefen Atemzug und springe fröhlich auf den Bahnsteig.

Es grüßt
gestriegelt und gekämmt

 *Pepe*

Guter Ruf

Neulich im Café: Ich sitze mit meinem Frauchen im Straßencafé bei Cappuccino und Vanilleeis (Frauchen), bei Wassernapf und Knabberknochen (ich). Es ist ein goldener Herbsttag.

Zu uns an den Tisch setzt sich ein Ehepaar. Ich begrüße die beiden freundlich, wie das meine Art ist, und hole mir dabei ein paar Streicheleinheiten ab.

Sie: „Das ist aber ein netter Dackel."

Mein Frauchen lächelt. „Ja, das ist der Pepe. Er ist sehr kontaktfreudig und gesellig."

Ich wedele.

Sie: „Dackel sind doch normalerweise nicht so. Man sagt, sie seien absolute Einzelgänger, schwer erziehbar und aggressiv."
Er: „Genau. So kleine Wadlbeißer und Kläffer."

Mein Frauchen: „Das kann ich nicht bestätigen. Da eilt dieser liebenswerten Hunderasse ein schlechter Ruf voraus. Dackel sind sehr kluge Hunde. Sie lassen sich durchaus gut erziehen und hören auch. Aber eine gewisse Eigenständigkeit haben sie natürlich schon. Das ist ja auch gut so."

Ich wedele.

Er: „Und mit anderen Hunden versteht er sich? Das ist ja auch sehr wichtig."

Mein Frauchen strahlt. „Ja, bestens."

Ich schnuppere. Blicke mich um. Aha! Da kommt der kleine Jack Russel Terrier aus meinem Viertel. Einer der wenigen Hunde, die ich nicht leiden kann. Statt zügig vorbeizulaufen, wie es wünschenswert wäre, stoppt er an unserem Tisch und glotzt mich an. Ich springe auf, knurre tief aus dem Bauch heraus und belle ein paar Mal laut und kräftig. Der Jack Russel zieht ab. Ich setze noch einen Beller nach. Das musste jetzt wirklich mal gesagt werden!

Er: „So so. Also doch."
Sie: „Hab ich's doch gewusst."
Mein Frauchen wird rot und schimpft: „Pepe, du hast gerade deinen Ruf ruiniert."

Was soll ich dazu sagen? *Genau das* ist ja mein Ruf! Einen Dackel kann man in keine Schublade stecken. Er tut – vor allem wenn solche Gespräche an sein Schlappohr dringen – genau das, was *nicht* von ihm erwartet wird. Ein Dackel benimmt sich nicht gut, bloß um anderen zu gefallen. Er bleibt – bei aller Erziehung – immer er selbst. *Das* ist der gute Ruf eines Dackels!

Mein Frauchen zahlt. „Bei Fuß, Pepe! Wir gehen."

Ich springe gehorsam auf, tappe an ihre Seite und laufe gesittet neben ihr her. Ohne Zickzackgang. Ohne Leinengezerre. Ohne Pieselstopp an der nächsten Ecke. Aus dem Augenwinkel werfe ich einen Blick zurück zum Cafétisch. Das Ehepaar blickt uns hinterher. Ich wedele und freue mich tierisch, dass ich meine Hunderasse so würdig repräsentiert habe.

Es grüßt
eigenwillig und selbstbestimmt

 *Pepe*

Wanderschläfer

Was haben das Grandhotel in Bad Reichenhall, die Kaindlhütte im Wilden Kaiser, ein Zweimannzelt an der Nordspitze der schwedischen Insel Öland, das Kloster Frauenchiemsee, ein Holzmodulhaus des Designers Nils Holger Moormann, eine Landhausvilla am italienischen Ortasee, eine Matratze unter freiem Himmel und ein VW Caddy gemeinsam?

Antwort: Überall dort – und an mindestens 101 weiteren Orten – habe ich schon eine Nacht verbracht!

Ich bin ein Wanderschläfer. Von Welpenpfoten an bin ich mit meinem Frauchen unterwegs. Sie ist oft auf Reisen, um Geschichten zu erleben, zu sammeln und zu erzählen. Und ich bin (fast) immer mit dabei. Ja, noch mehr: Ich bin Teil der Geschichten.

In der Welt herumzuwandern ist toll. Jeder Ort ist anders. Überall neue, aufregende Gerüche, wo man die Nase auch hinhält. Mal Berg, mal Tal, mal Fluss, mal Meer. Mal spitze Steine unter den Pfoten, mal weicher Sand, mal frisches Heidekraut, mal pieksige Brombeerranken. Ich bin ein begeisterter Pilgerdackel. Doch eines ist mir bei allem Herumstreunen wichtig: ein sicherer, weicher, warmer Schlafplatz. Wer viel in Bewegung ist, braucht auch viel Ruhe. Ich bin zu allen Abenteuern bereit, aber ohne Rückzugsort läuft bei mir nichts. Mein Hundebett ist mir heilig.

Die Ausstattung meines Wanderschlafplatzes sieht folgendermaßen aus: meine Hundedecke (kuschelig und weich), mein faltbarer Wassernapf (gefüllt), mein kleiner Stoffesel zum Schnuffeln und Kuscheln und idealerweise ein kleiner Knabberknochen zum Zeitvertreib. Das ist mein Nest. Das ist meine Heimat. Da tanke ich auf. Das gibt mir Halt.

Immer wenn ich an einen neuen Ort komme, kundschafte ich zuerst alles ganz genau aus und verschaffe mir einen Überblick. Ich suche mir die passende Ecke für meinen Hundeplatz und gebe meinem Frauchen ein deutliches Zeichen, wo sie meine Schlafstätte einrichten soll. Erst dann bin ich bereit für das nächste Abenteuer.

Es gab schon Zeiten, da habe ich vier Wochen lang jede Nacht den Schlafplatz gewechselt. Wandern und Schlafen. Bewegung und Ruhe. Außenwelt und Kuschelnest. Nach so einer Wanderphase freue ich mich dann besonders auf zuhause. Dort brauche ich mich nicht neu zu orientieren. Dort ist alles vertraut und eingewohnt.

Ich bin ein Pilger mit festem Wohnsitz. Wenn ich mit meinem Frauchen von einer Tour zurückkomme, rase ich immer sofort zu meinem Schlafplatz in der Ecke neben dem Sofa. Ich schnuffle und scharre und richte mir mein Hundebett neu. Ich drehe mich dreimal im Kreis und rolle mich dann ein. Zuhause schläft es sich halt doch am besten!

Es grüßt
direkt aus dem Körbchen

 Pepe

Herzenswärme

Es ist kalt draußen. Und es wird von Tag zu Tag kälter.
Der Winter kommt. So lange es trocken ist, macht mir
Kälte nichts aus. Im Gegenteil: Ich fühle mich sogar
energievoller als an heißen Sommertagen, die mir kon-
ditionell etwas zu schaffen machen. Aber nass und
kalt – pfui Teufel! An solchen Tagen setze ich keine
Pfote vor die Tür. Jedenfalls nicht freiwillig.

Neulich bin ich mit meinem Frauchen überraschend
in einen heftigen Graupelschauer geraten. Innerhalb

von Minuten war der Himmel rabenschwarz. Im Durchgang des Alten Südfriedhofs, also zwischen altem und neuem Friedhofsteil, hat es uns dann voll erwischt. Wie ein Vorhang rauschte der Eisregen auf uns nieder. Der Niederschlag war so stark, dass ich meine eigene Hundeschnauze nicht mehr sehen konnte.

Menschen mit bunten Mützen, daunengefütterten Jacken und großen Regenschirmen eilten mit grimmigen Gesichtern an mir vorüber. Keiner beachtete mich. Das Blickfeld der Menschen ist in solchen Augenblicken extrem eingeschränkt. Jeder starrt mit gesenktem Kopf vor sich hin. Auch mein Frauchen stülpte sich ihre Kapuze über und blickte nicht mehr nach rechts oder links.

Was soll ich euch sagen: *Ich* hatte nur mein allmählich wachsendes Winterrauhaar am Leib. Da darf man als Dackel nicht zimperlich sein. Ich legte also meine Ohren an, setzte im Eiltempo Pfote vor Pfote, schlug den kürzesten Weg ein und schüttelte mir schließlich vor der Haustür mit empörtem Schnauben minutenlang das Eiswasser aus dem Fell.

In der Wohnung musste ich dann direkt in die Wanne, so nasskalt, schmutzig und zerzaust, wie ich war. Mein Frauchen spülte mich mit warmem Wasser ab, säuberte meine Pfoten, wickelte mich anschließend in ein flauschiges Handtuch – und dann durfte ich mit aufs Sofa!

Sofort ist alles Unwohlsein vergessen! Aus sämtlichen Poren strömt meine Herzenswärme und Liebe. Denn: Was gibt es Schöneres, als eng aneinandergekuschelt dazuliegen, dem vertrauten Herzschlag zu lauschen, die Nase tief in eine weiche Stelle des anderen zu bohren, den Duft einzuatmen, tief auszuschnaufen und das unglaubliche Glück zu spüren, das einen dabei durchströmt?

Warum braucht der Mensch erst einen dunklen, nasskalten Herbsttag, um sich an diese Herzenswärme zu erinnern? Es gibt nichts Großartigeres!

Manchmal wünschte ich, ich wäre ein Muff. Ja genau, so eine Felltasche, die man sich vor den Bauch bindet und in die man rechts und links jeweils eine Hand steckt, um diese zu wärmen. Ich wäre ein sehr geeigneter Muff, allein schon wegen meiner länglichen Form. Natürlich auch wegen meines weichen, warmen Fells. Außerdem bin ich optisch ein Hingucker und passe farbtechnisch zu vielen Jackendesigns. Ich wäre der erste und einzige *lebende* Muff, der nicht nur Fellwärme, sondern zugleich auch Herzenswärme verströmt. Eine absolute Win-win-Situation: Vor dem Bauch meines Frauchens bin ich nämlich bestens geschützt vor jedem überraschenden Graupelschauer.

Es grüßt
mit pochendem Herzen im Novembergrau

 Pepe

Leuchti

Advent, Advent, ein Lichtlein brennt ... Meins zum Beispiel. Jedenfalls bis gestern. Dann gab's plötzlich einen Wackelkontakt. Und dann: Licht aus! Batterie leer, sagt mein Frauchen.

In der dunklen Jahreszeit bekomme ich frühmorgens, spätnachmittags und abends ein Leuchti um den Hals. Damit ich sichtbar bin und niemand über mich stolpert, sagt mein Frauchen. Außerdem hat sie Angst, dass sie mich in der Dunkelheit verliert. Diese Sorge ist natürlich überflüssig. Wozu hat man denn eine Nase? Man riecht doch, ob etwas im Weg steht oder ob da jemand kommt!

Menschen sind seltsam. Sie beleuchten alles. Vor allem in der Advents- und Weihnachtszeit. Bei uns im Viertel strahlt und blinkt es überall. Rosa, Lila und Pink auf dem *Pink Christmas* Weihnachtsmarkt gleich ums Eck. Viele kleine rote Lampen auf dem Balkon schräg gegenüber, die zusammen aussehen wie ein Rentier mit Geweih und roter Nase. Das darf man aber nicht anbellen oder jagen, sagt mein Frauchen.

Na ja, die meisten Blinklichter sind nicht auf meiner Höhe, sondern viel weiter oben. Zum Glück. Aber es gibt auch Leuchtspuren direkt auf Augenhöhe. Da laufe ich zum Beispiel neulich gemütlich meine Abendrunde um den Block, schnuffle und piesle so vor mich hin, als ich auf einmal einen Kameraden hinter der nächsten Ecke wittere. Ich höre ihn auch, denn seine Hundemarke klappert am Halsband. Dass es ein Rüde ist, meldet mir meine Nase natürlich sofort. Ich biege also voller Spannung um die Straßenecke – und sehe Sternchen. Verblüfft stehe ich vor einem grün und rot blinkenden Etwas. Erst beim genaueren Schnuppern erkenne ich Monty, den noch etwas rüpelhaften Jungspund ganz vom anderen Ende der Thalkirchner Straße.

Fast jeder Hund hat zurzeit so ein Leuchtband um den Hals. Einige sehen damit aus wie Christbaumschmuck. Ich bin froh, dass ich nicht rot oder grün funkle, sondern ein schlichtes, klares, weißes Licht ausstrahle. Trotzdem hat neulich jemand gelacht, als er mich gesehen hat, und „Hey, ein Disko-Dackel!" gerufen. In meinen Schlappohren klang das irgendwie fies. Dabei sagen doch die Leute immer: Lass dein Licht leuchten in der Welt! Oder: Jeder Mensch ist dazu bestimmt zu leuchten! Das sollte doch auch für Hunde gelten!

Pepe, du bist ein Lichtpunkt in meinem Leben, hat mein Frauchen mal gesagt und mich dabei sehr lieb angeschaut. Ich glaube, sie wollte damit ausdrücken, dass ich ihr wichtig bin. Das war im Sommer. Da hatte ich gar kein Leuchti um den Hals. Mein Licht kommt wohl eigentlich von innen. Und so ein Leuchtband überträgt es lediglich nach außen, damit es für alle sichtbar wird. Also gut: Her mit einer neuen Batterie – und Licht an!

Es grüßt
lichtvoll im Advent

 Pepe

Schussfest

BUMM.

Ich bin schussfest. Das liegt in meiner Natur. Ich bin schließlich ein Jagdhund. Ein lauter Knall kann mir nicht wirklich etwas anhaben. Bestimmte Geräusche sind mir einfach in die Wiege gelegt.

Ich erinnere mich noch gut, wie ich als Junghund beim Bayrischen Jagdhundeverband zu Beginn meiner Begleithundeausbildung mitten im Wald mit Böllerschüssen begrüßt wurde. BUMM. BUMM. BUMM. BUMM. Ein paar meiner Kameraden jaulten damals laut auf. Einige waren verschreckt. Ich dagegen fand das Ganze spannend und habe mich geehrt gefühlt, auf diese Weise in den Wald- und Wiesentrupp aufgenommen zu werden.

BUMM. BUMM. BUMM. BUMM. BUMM. BUMM. BUMM. BUMM.

Immer am Ende des Jahres knallt es laut und oft. Da sind ein paar Schüsse auf der Jagd nichts dagegen. Die Menschen begrüßen auf diese Weise das neue Jahr. Na ja, ich halte das für überflüssig. Statt in die Stille zu lauschen und mit der Nase die ersten Gerüche des Jahres aufzunehmen, werden alle Sinne benebelt. Du hörst für eine Weile gar nichts mehr, weil das ständige Knallen deine Ohren betäubt. Es stinkt nach Schwefel, und es blitzt ohne Ende. Ein seltsamer Brauch.

Dabei kann man ein neues Jahr doch so schön wittern. Da liegt eine Menge Neues, Spannendes, Aufregendes und Abenteuerliches in der Luft. Ich schnuppere Hoffnung, Zuversicht, Vertrauen und ganz viel Lebenslust. Das riecht sehr lecker, finde ich. Fast so gut wie ein frisch gefüllter Futternapf.

BUMM. BUMM. BUMM. BUMM.

Wenn's am Ende des Jahres knallt, verkriechen sich viele meiner Artgenossen unters Sofa. Bei meiner Freundin Nelly dichten Herrchen und Frauchen sogar das Wohnzimmer mit Dämmplatten aus dem Baumarkt ab. Sonst hält Nelly die Silvesternacht nicht aus und heult und jault. Ich hab gehört, dass ein Teelöffel Eierlikör hilft, damit Hund sich nicht so aufregt. Bei meiner Körpergröße dürfte ein halbes Löffelchen genügen.

Ich hätte nichts gegen etwas Likör. Vielleicht hilft das ja auch bei Liebeskummer. Ich habe mich nämlich am vorletzten Tag des Jahres noch mal ordentlich verknallt. BUMM. Amors Pfeil hat mich getroffen. Bei der Abendpieselrunde stand es plötzlich vor mir: ein total niedliches, schwarzes Bullterrier-Mädchen mit sehr süßen Ohren. Leider blieb uns kaum Zeit zum

Flirten. Mein Frauchen zog an der Leine in die eine Richtung, ihr Frauchen in die andere. Zuhause hab ich dann den ganzen Abend sehnsuchtsvoll geheult. Jetzt brauchen wir auch bald Dämmplatten für die Wohnung, hat mein Frauchen gesagt.

Ja, so ist das. Den einen trifft dieses BUMM, den anderen jenes. Und dann muss man eben heulen und jaulen, solange, bis sich die Lage innerlich und äußerlich wieder beruhigt hat. Zum Glück wird es nach jedem Knall auch irgendwann wieder still. Und dann kann man in Ruhe Neues erschnüffeln und auf das nächste Abenteuer lauschen.

Es grüßt
mit den besten Wünschen für das neue Jahr

 *Pepe*

Dienstagsdackel

Einmal in der Woche ist Dienstag. Das ist toll, denn dienstags bin ich zu zweit! Am Dienstag verbringe ich einen Tag und eine Nacht mit Timmy. Timmy ist ein Rauhaardackel wie ich und mein allerbester Freund. Wir beide sind ein tolles Team und ergänzen uns prima. Ich habe die größeren Ohren. Er hat die größeren Zähne. Wir sind in etwa gleich lang und gleich hoch. Ich bin dunkelsaufarben. Timmy ist dürrlaubfarben. Zusammen bilden wir ein Muster aus Dunkel und Hell. Timmy und ich sind ein Herz und eine Seele.

Timmys Frauchen führt uns dienstags an einer Doppelleine spazieren. Das sieht dann aus wie ein kleines Pferdegespann. Es ist lustig auf diese Weise Seite an Seite zu laufen. Wir stecken unsere Nasen gerne in dieselben Grasbüschel und pieseln parallel. Manchmal will ich allerdings in die eine Richtung und Timmy in die andere. Dann gibt's ein tolles Kuddelmuddel mit den Leinen und Timmys Frauchen schimpft ein bisschen mit uns.

An der Isar dürfen wir frei rennen. Ich bin meistens vorne dran und rase von hier nach dort. Timmy ist etwas gemütlicher unterwegs. Aber wenn der Abstand zwischen uns zu groß wird, dann warte ich auf ihn. Immer wenn ich etwas Interessantes entdecke, zum Beispiel eine süße Hündin oder einen coolen Spielkameraden, dann darf Timmy auch mit dabei sein. Wir streiten uns nie. Dafür sind wir uns viel zu vertraut. Wir haben schon so viel miteinander erlebt: tausend Isarspaziergänge, zahlreiche Bergwanderungen im Voralpenland, Segeltörns auf dem Tegernsee, Nachmittage bei ihm im Hinterhof, faule Stunden auf dem Sofa oder auf der Rückbank im Auto.

Wenn ich am Dienstag bei Timmy übernachte, dann schleiche ich manchmal mitten in der Nacht von meinem Hundelager zu seinem hinüber. Dort kuschle ich mich leise an ihn. Das erinnert mich an meine Welpenzeit, als ich im großen Rudel von acht Geschwistern im dichtgedrängten Haufen lag. Schön warm und weich, mit viel Fellkontakt.

Timmy wohnt in der Baumstraße, und er ist selbst so stabil und verlässlich wie ein Baum. Immer da. Immer am selben Ort. Fest verwurzelt an seinem Platz. Ich bin ja eher ein Vagabundhund, mal hier und mal dort, viel unterwegs. So bringe ich Timmy ein bisschen Abenteuerluft aus der großen weiten Welt mit, und er schenkt mir Ruhe und Bodenhaftung. Wir sind ein Dreamteam! Und die Leute in der Münchner Isarvorstadt wissen genau: Wenn wir zu zweit durch die Straßen dackeln, dann ist Dienstag.

Gute Dienstage auch euch!

 Pepe

Schneepe

Ich liebe Schnee! Kein Winter ohne ein paar Tage richtiges Schneevergnügen, sagt mein Frauchen. Drum haben wir letzte Woche zusammen Winterurlaub gemacht. Im Berchtesgadener Land. In der Nacht nach unserer Ankunft gab es fast 20 cm Neuschnee. Das entspricht in etwa einer Dackelhöhe. Alles rundum war strahlend weiß und pulvrig. Herrlich! Mit kräftigem 4-Pfoten-Antrieb pflüge ich hindurch und wälze mich alle paar Meter. In meinem Fell bleibt der Schnee wunderbar hängen, und keiner erkennt mich mehr.

Kalte Temperaturen machen mir wenig aus. Ich habe dichtes, schützendes Rauhaar. Und wenn's allzu frostig wird, legt mir mein Frauchen einen dunkelbraunen Lodenmantel um. Der wird mit einem Klettverschluss am Hals und unterm Bauch zugemacht und hat fast dieselbe Farbe wie mein Fell. Wildsaufarben. Und was das Wichtigste ist: Die Schneetarnung gelingt auch mit Mantel. Das weiße Pulver bleibt gut haften, und drunter ist es trocken und warm.

Von unserer Unterkunft aus sind wir morgens immer direkt den Berg hochgestapft. Auf ungeräumten, ungesalzenen und zum Teil gänzlich unbegangenen Waldwegen. Da haben wir unsere ganz eigenen Spuren hinterlassen. Ich eine Vier-Pfoten-Spur und mein Frauchen eine Zwei-Fuß-und-Zwei-Stock-Spur.

Meistens renne ich vorweg. Nur wenn der Schnee allzu tief ist, laufe ich hinten und hopse von Fußabdruck zu Fußabdruck. Besonders gerne stecke ich meine Nase in Hasen- oder Rehspuren. Auch wenn's mir kein Mensch glaubt, aber das riecht verlockend. Im Schnee ist die Schnuppernasenarbeit doppelt interessant.

Nach so einer Winterwanderung muss ich dann enteist werden. Riesige Schneeklumpen hängen in meinem Fell, vor allem am Bauch und im Bart. Manchmal sind die Schneebälle größer als meine Pfoten. Da bin ich dann schon froh, wenn mein Frauchen diese schweren Kugeln abmacht und mich von der Schnauze bis zur Schwanzspitze trockenrubbelt. Todmüde, aber glücklich sinke ich anschließend in mein Hundebett.

Und dann kommt das Allerallerbeste: Mein Frauchen steckt ihre Nase tief in mein Fell, krault mich mit beiden Händen und sagt: „Pepe, du bist so flauschig!" Ja, das stimmt. So eine Schneekur macht mein Fell besonders kuschelig und weich. Ich dufte nach frischer Bergluft, nach Draußensein, nach Winterspaß und Schneegenuss. Und das ist es ja, was wir beide lieben – mein Frauchen und ich!

Es grüßt
frostig, aber herzlich

 Pepe

Trimm dich!

Höchste Zeit, das Winterfell abzuwerfen, Leute! Bei mir war es vor ein paar Tagen soweit: Im Hundesalon *Bellness* wurde ich frisch getrimmt. „Das muss sein, Pepe", sagt mein Frauchen streng, „sonst verfilzt du von Kopf bis Fuß." Rechtzeitig zum Frühlingsbeginn werden mir also die dicken, struppigen Winterborsten ausgezupft und mein Fell in Form gebracht. Diesmal waren's besonders viele Haare. Nach dem Trimmen lag auf dem Boden ein großer Fellberg, der genauso aussah wie ich selbst. Gleiche Höhe, gleiche Länge, gleiche Farbe. Für einen Moment dachte ich, da sei ein Konkurrent im Raum. Doch dann hat Ilona den Kerl kurzerhand weggefegt.

Ilona ist die Frau von *Bellness*. Sie ist sehr nett und hat geschickte Hände. „Pepoli", sagt sie zu mir, „du bist der schönste Dackel der Welt!" Das höre ich gern. Auch wenn ich glaube, dass sie zu jedem Hund etwas ähnlich Nettes sagt. Eineinhalb Stunden hat das Zupfen diesmal gedauert, und Ilona sagt, es sei ein kalter Winter gewesen, darum so viel Fell.

Mir fordert das Trimmen einiges an Geduld ab. An Kopf und Rücken genieße ich das Zupfen und Rupfen. Es ist eine tolle Massage und durchblutet die Haut. Aber an Bauch und Pfoten bin ich äußerst empfindlich. Da kitzelt's und ziept's, und außerdem ist es eine akrobatische Übung, minutenlang ein Bein hochzuhalten und dabei nicht vom Trimmtisch zu fallen. Mein Frauchen redet mir dann gut zu, steckt mir das ein oder andere Leckerli ins Maul und hilft mir, das Gleichgewicht zu halten. Geschafft! Jetzt bin ich top in Form für das Frühlingsgeschehen an der Isar.

Die Menschen trimmen sich übrigens auch. In den Isarauen sieht man besonders viele davon. In engen Hosen und bunten Schuhen rennen sie meine tägliche Spazierstrecke im dreifachen Tempo. Ganz ohne Schnupper- und Pieselstopps. Die Nasen hoch in der Luft wissen sie gar nicht, was ihnen ohne bodennahes Schnuffeln alles entgeht. Manche schnaufen und haben rote Köpfe. Andere sind ganz leichtfüßig, und ich staune über ihre langen Beine. Wieder andere turnen zusätzlich an Stangen herum und balancieren auf schmalen Balken. „Das ist ein Trimm-dich-Pfad", erklärt mir mein Frauchen. Aber ihre Haare verlieren die Menschen auf diesem Pfad nicht.

Auch mein Frauchen rennt manchmal mit. Ich finde das lustig. Bei ihrem Tempo halte ich locker mit. Ab und zu lege ich ihr freudig ein sorgfältig ausgewähltes Stück Holz vor die Füße, damit sie es für mich in die Auwiese wirft. Dann hält sie ärgerlich inne und schimpft, dass ich sie völlig aus dem Takt bringe. Dabei habe ich ihr doch nur ein passendes Taktstöckchen gesucht?! Aber schließlich wirft sie es mir doch und lacht dabei.

Einige wenige dieser Isarjogger sind allerdings wirklich taktlos. Sie rennen so kleine Hunde wie mich einfach um. In solchen Fällen stelle ich mich gerne quer auf den Weg und spiele absichtlich Hindernis. Ich finde, ich bin eine nette Hürde und einfach zu nehmen. 20-25 cm, das sollte doch zu schaffen sein. Aber seltsamerweise ist noch nie einer gesprungen.

Besonders schnelle Läufer und Hürdenhüpfer sind natürlich die Hasen. Grade neulich hab ich im Wald mal wieder einen entdeckt. Respekt, kann ich da nur sagen. Der braucht keinen Trimm-dich-Parcours, um sich in Form zu bringen. Der hängt alle ab. Wahrscheinlich ist es deswegen so schwer, einmal dem Osterhasen zu begegnen.

Es grüßt
in Vorfreude auf leckere Ostereier

 Pepe

Sonnengelb

Sommer im April! Ich war mit meinem Frauchen ein paar Tage im Allgäu unterwegs. Es war schön warm, und wir hatten Zeit, in der Sonne zu liegen. Alle Wiesen sind jetzt grasgrün und übersät mit kleinen gelben Sonnen. Die kitzeln mich beim Herumstrolchen am Bauch. Ich habe nämlich genau Löwenzahnblütenhöhe. „Pepe, du bist ja komplett eingestaubt", sagt mein Frauchen nach jedem ausgiebigen Spaziergang und pustet mir die gelben Pollen aus dem Fell. Das kitzelt, und wir müssen beide niesen.

Ich mag die Sonne. Leuchtend oben am Himmel und blühend unter meinen Pfoten. Das Sonnengelb der Löwenzähne ist ein toller Kontrast zu meinem dunklen Fell. Im Blütenmeer sehe ich sehr malerisch aus, sagt mein Frauchen. Die Sonne ist eine meiner wichtigsten Kraftquellen. Seit meinen frühen Welpentagen suche ich mir immer gerne einen Platz an der Sonne. Deswegen habe ich mir auch mein Frauchen ausgewählt. Sie ist nämlich ein sehr sonniger Mensch. Wenn ich sie sehe, dann hüpft und wedelt alles in mir und an mir vor Freude.

Als ich noch klitzeklein war, erst ein paar Wochen alt und nur ein winziger Sternenstaubpunkt im Universum, da hat mir mein Frauchen ein großes gelbes Sonnenkissen mit zwei Armen und Händen dran geschenkt. Eine gemütliche Umarm-Sonne zum Kuscheln. An den Stofffingern hab ich die Sonne immer dahin geschleppt, wo ich sie gerade gebraucht habe. In mein Körbchen. Auf den Teppich. In den Garten. Es ist sehr schön, eine ganz persönliche Sonne zu haben. Man kann sie immer dann hervorholen, wenn das Wetter innen oder außen mal trüb ist.

Doch jetzt hat mein Frauchen vor ein paar Tagen Frühjahrsputz gemacht und dabei ganz viel aussortiert. Auch meine Sonne. „Pepe, die ist gar nicht mehr gelb, sondern grau-schwarz. Das geht beim Waschen nicht mehr raus. Die muss jetzt leider weg", hat sie mir erklärt. Das war ein bisschen traurig. Aber was soll ich euch sagen: Man sollte sein Herz nicht an eine einzige Sonne hängen. Es gibt so viel Sonnengelb auf der Welt! Eidotter zum Beispiel. Lecker! Oder Lichtstreifen auf dem Parkettboden, in die man sich hineinlegen kann. Oder gelbe Tennisbälle, die für einen geworfen werden. Oder ein glückliches Frauchen, das einem einen Kuss auf die Nase gibt.

Sonnengelb schmeckt gut, riecht gut und wärmt. Sonnengelb pudert das Fell und strömt von dort direkt ins Herz. Und so wird man dann selbst irgendwann zu einer kleinen Sonne für andere.

Es grüßt
frühlingsfreudig und sommersonnig

 *Pepe*

Dackeldaten

Also *meine* persönlichen Daten sind sicher. Sie werden täglich unmittelbar und ohne Umschweife an einen Baum, einen Parkautomaten oder an die nächste Straßenecke gepieselt. So einfach ist das. Von dort verströmen sie dann ihren Geruch – und der lässt sich nicht so leicht verfälschen, stehlen oder für fremde Zwecke missbrauchen.

Allerdings werden die neusten Nachrichten in der Hundewelt leider sehr schnell überschrieben. Manchmal geht direkt hinter einem einer Gassi, der zu allem seinen Senf dazugibt. Da muss man dann gleich umkehren, noch eins draufsetzen und ordentlich mit den Pfoten scharren, damit sich die eigene Botschaft besser verteilt. Dann ist der andere wieder dran. Dann wieder ich. Er. Ich. Er. Ich. Ein Wort gibt das andere, das kann ein bisschen dauern, aber am Ende hat schließlich der seine Daten sicher in die Welt gebracht, der als Letzter drüberpieselt. Meistens bin ich das.

Übrigens: Je höher man den Pipistrahl ansetzt, umso besser. Damit schindet man Eindruck bei den Großen. Als kleiner Kurzbeiner muss man findig sein. Ich nutze zum Beispiel gerne Erdhügel oder Steine, damit ich beim Pipimachen höher stehe. Im Winter kommen mir die Schneehaufen am Straßenrand natürlich sehr entgegen.

Ich piesle oft und viel und setze damit ganz gezielt meine persönliche Note im Revier. Manchmal staune ich selbst, an wie vielen Orten es mittlerweile nach mir duftet. Mein Datenvolumen ist groß. Eine einzige Pipifüllung reicht für einen kompletten Spaziergang.

„Pepe, du trinkst so wenig und pieselst so viel", staunt mein Frauchen immer wieder. Nun, wir Dackel sind zwar niedrig gebaut, dafür aber sehr lang. Da gibt es genug Raum im Körper für einen ausgedehnten Pipispeicher.

Ein offener und fairer Umgang mit persönlichen Daten ist sehr wichtig und bei uns in der Hundewelt eigentlich auch üblich. Jeder hat seinen unverkennbaren Duft, und der ist unantastbar. Einmal kurz vorne und hinten geschnüffelt und du weißt alles von deinem Gegenüber: männlich, weiblich, kastriert, alt, jung, krank, gesund, freundlich, gefährlich, lustig, traurig, zum Sex bereit oder nicht ...

In den letzten Tagen saß mein Frauchen viel am Computer und hat vor sich hin gestöhnt: „Ach, Pepe, die ganze Sache mit dem Datenschutz ist so furchtbar kompliziert. Man muss viele schwierige Worte lesen und verstehen, und am Ende bleibt doch alles unübersichtlich und angreifbar." Ich hätte meinem geliebten Frauchen so gerne geholfen und einfach schnell ihren Bildschirm bepieselt. Doch der steht leider auf dem

Schreibtisch, und das ist zu hoch für mich. So habe ich kurzerhand Plan B angewandt. Ich bin zur Wohnungstür gelaufen, habe ein bisschen gewinselt und mein Frauchen auf diese Weise schließlich zu einem Spaziergang animiert. Die frische Luft und die Bewegung haben ihr gut getan. „Da bekomme ich den Kopf wieder frei", hat sie gesagt und dabei freudig und entspannt ausgesehen. Na, und ich konnte die Zeit draußen gut für *meine* Datenpflege nutzen. So unterstützen wir uns immer wieder gegenseitig, mein Frauchen und ich. Wir sind ein tolles Team!

Es grüßt
zum Inkrafttreten der Dackelschutzgrundverordnung

 *Pepe*

Boxenstopp

Mein Frauchen ist müde. Hundemüde. Sie braucht dringend mal eine Pause. Und ich bin daran nicht ganz unschuldig. Denn: In den letzten Wochen bin ich ein bisschen berühmt geworden. Ich hatte nämlich meine erste öffentliche Lesung in einem Café in der Isarvorstadt. Ich habe aus meinem Dackelleben erzählt, von meiner mehrtägigen Isarpilgertour berichtet und ein paar meiner Briefe vorgelesen. Mein Frauchen hat mich dabei unterstützt. Für Menschen ist so ein Dackelblick aufs Leben ja höchst interessant.

Die Isarvorstadt ist das Stadtviertel, in dem ich lebe und wirke. Es gab dort ein Stadtteilfest, bei dem sich Mitbewohner des Viertels künstlerisch einbringen konnten. Da hab ich mich spontan angemeldet. Im Programmheft war dann meine Lesung sogar mit einem Bild von mir angekündigt: *Geschichten aus dem Leben eines Münchner Dackels.* Das hat Wellen geschlagen. Ist das DER Isardackel?, fragen seither die Leute auf der Straße und mustern mich von der Nase bis zur Schwanzspitze.

Auch die Presse wurde auf mich aufmerksam. Kurz nach der Lesung ging an unserem Telefon der erste Anruf für *Pepe den Pilger* ein. Letzte Woche gab's dann gleich zwei Fotoshootings. Die Journalisten wollten mich in meinem natürlichen Pilgerumfeld abbilden. Mein Frauchen musste mit zum Posing am Fluss. An die Isar und in die Isar. So ein Presserummel ist anstrengend. Kein Wunder, dass mein Frauchen jetzt einfach mal einen Boxenstopp braucht.

Für einen Boxenstopp benötigt man übrigens keine (Hunde)box. Man kann fast überall ausschnaufen.

Menschen meinen oft, eine Pause muss man lange planen. Irrtum! Ich nutze jeden Tag viele Gelegenheiten, um die Zeit anzuhalten. Jeder Tag ist zwar gleich lang, aber unterschiedlich breit. Damit will ich sagen: Man braucht sich nur irgendwo breitzumachen, und schon hat man alle Zeit der Welt. Ich lege mich zum Beispiel gerne platt auf den Bürgersteig (vorzugsweise in die Sonne) oder auf den Teppich zuhause oder einfach irgendwo an den Wegesrand. Aber natürlich eignet sich auch ein Fahrrad- oder Hundekörbchen prima für einen Stopp.

Wenn mein Frauchen mitten am Tag ihrer Müdigkeit nachgibt und sich ins Bett kuschelt, dann bin ich immer ganz leise. Ich tappe mit sanften Pfoten behutsam über das Parkett, um sie nicht zu wecken. Ich lausche neben dem Bett auf ihren Atem und spüre, wann die Lebensenergie wieder sprudelt. Dann wecke ich sie mit einem zarten Schnauzstups.

Ja, und dann springen wir zusammen aufs Neue hinein in den wilden Lebensfluss. Wir drehen unsere Isarrunden, nehmen Anrufe entgegen und machen Termine.

Nach einem gelungenen Boxenstopp geht's mit doppelter Kraft voran – mit wehenden Schlappohren und feuchter Nase im Wind.

Es grüßt
ausgeruht und voller Lebensenergie

 Pepe

Des Dackels Kern

Kennt ihr den Faust? Den Wissenschaftler, den Doktor? Der ist weltberühmt, sagt mein Frauchen. Und: Er hat einen Hund. Einen Pudel. Vor ein paar Tagen ist mir dieser eitle Kerl, also der Pudel, nicht der Faust, überraschend über den Weg gelaufen. Und ich muss sagen: Ich kann ihn nicht leiden! Der führt doch mit seinem Gewedel und Gewinsel alle an der Nase herum. So etwas spüre ich sofort. Keine Ahnung, was seine Hundewelt im Innersten zusammenhält, aber mit Sicherheit kein ehrliches, treues Hundeherz.

Ihr wollt wissen, wo mir der Kerl begegnet ist? Also der Reihe nach: Ich bin mit meinem Frauchen zum *Gasteig* gefahren. Das ist ein großes Kulturzentrum in München. Da sind wir öfters mal, um für unsere Geschichten zu recherchieren. Der Weg dorthin führt uns meistens durch den Untergrund.

Sendlinger Tor. Rolltreppe runter. U-Bahn. Marienplatz. Rolltreppe rauf. S-Bahn. Rosenheimer Platz. 2x Rolltreppe rauf. Dann wieder raus aus dem Tunnelsystem. Nebenbei bemerkt: Die U- und S-Bahnröhren der Stadt kommen mir komplizierter und unübersichtlicher vor als jeder Fuchs- oder Dachsbau. Zum Glück jagen mir solche unterirdischen Gänge keine Angst ein. Ich weiß, dass es immer einen Ausgang gibt. Da kann ich meiner Nase und meinem Instinkt vertrauen. Allerdings muss man höllisch aufpassen, dass man in eine U- oder S-Bahn heil hinein- und wieder herauskommt! Wir Dackel sind ja sehr lang, und da kann es leicht einmal passieren, dass die vordere Hälfte schon eingestiegen ist, während die hintere Hälfte noch auf dem Bahnsteig wartet. Und wehe, wenn der Fahrer dann plötzlich ruft: „Zurückbleiben, bitte!"

Mein Frauchen und ich arbeiten uns also beim Gasteig wieder an die Oberfläche. Ich schnuppere frische Luft, sehe Tageslicht – und dann entdecke ich IHN. Erhobenen Hauptes, mit süffisantem Grinsen, gestelztem Gang und alberner Lockenfrisur. Er läuft auf und ab und bewacht den Gasteig. Ich bleibe stehen und knurre tief aus dem Bauch heraus.

„Aber Pepe", sagt mein Frauchen, „das ist doch nur das Plakat für das Faust-Festival. Der Hund ist gar nicht echt!" Irrtum, denke ich mir. Ich hab mich nämlich kundig gemacht. Dieser Pudel ist gar kein Hund, sondern der Leibhaftige selbst! Der Teufel, der mit allen möglichen Tricks Mensch und Tier zum Bösen verführt. *Das* nämlich ist des Pudels Kern! Es wäre gar nicht verwunderlich, wenn der plötzlich vom Plakat springt. Ich mache auf der Stelle kehrt und ziehe an der Leine. 2x Rolltreppe runter, S-Bahn, U-Bahn, Rolltreppe rauf. Geschafft! Fast wieder zuhause. Doch auf den letzten Metern geschieht es. Direkt vor meiner Nase biegt ein Rudel Pudel um die Ecke! Ein großer, ein mittlerer und ein kleiner. Alle schwarz wie die Nacht. Ich kenne die drei seit Jahren. Schon immer war mir mulmig, wenn ich an denen vorbei musste. Jetzt weiß ich auch, warum. Schnell scharre ich mit der Vorderpfote einen Drudenfuß in den Staub auf dem Bürgersteig. Da drin sind mein Frauchen und ich sicher. Die Pudel traben vorbei und tun so, als könnte sie kein Wässerchen trüben.

Zum Glück ist dieser unheimliche Spuk in der Stadt bald vorüber. Ein halbes Jahr lang hat der Pudel das Sagen gehabt. Doch Ende Juli endet das Faust-Festival, sagt mein Frauchen. Da wird der Teufel wieder zur Hölle fahren und seinen Köter hoffentlich gleich mitnehmen.

Natürlich gibt es auch nette Pudel in der Welt, die sich nicht mit Leib und Seele dem Teufel verschrieben haben. Lucie zum Beispiel. Das ist ein sehr lustiges, kleines Zwergpudelmädchen, das mehr hüpft als geht und ständig Schabernack in ihrem Pudellockenkopf hat. Lucie und ich kennen uns seit Welpentagen, und ich muss sagen: Diese Pudeline rennt nicht nur mindestens so schnell wie ich, sie kann mir auch intellektuell das Wasser reichen. Kaum ein lässig hingebellter

Spruch, den sie nicht mit einem ebensolchen kontert. Lucie ist definitiv kein rabenschwarzer Höllenhund, sondern eine himmlische Erscheinung.

Na ja, nach dem Zirkus um den Pudel in der Stadt ist dann endlich Raum für den großen Auftritt des Dackels. Das Geheimnis des Pudels ist gelöst. Doch was ist des Dackels Kern? Diese Frage, so denke ich, wird der Menschheit noch einige Rätsel aufgeben.

Es grüßt
neugierig auf eine weltbewegende Dackelentdeckung

 *Pepe*

Berge sichten

„Pepe, ich muss einen riesigen Berg Arbeit sichten", sagt mein Frauchen und macht dabei ein sehr bedenkliches Gesicht. Dann zeigt sie auf einen Stapel Papier, etwa halbe Dackelhöhe. „Das muss ich alles lesen und bearbeiten", seufzt sie.

„Pepe, ich will endlich wieder Berge sehen", sagt mein Frauchen und macht dabei ein sehr sehnsuchtsvolles Gesicht. Dann schlägt sie ein Wanderbuch auf und zeigt auf das Foto eines Felsklotzes, etwa tausendfache

Dackelhöhe. „Da will ich am Wochenende mit dir hin", strahlt sie.

Die menschliche Sprache ist eine komplizierte Angelegenheit. Man muss als Dackel seine Schlappohren sehr gut spitzen und zugleich Mimik und Gestik des jeweiligen Menschen beobachten, damit sich einem der rechte Sinn erschließt. Über die Jahre habe ich schon so manche Feinheit im menschlichen Ausdruck entdeckt. *Berge sichten* ist jedenfalls eindeutig eine Frage der Perspektive. Was dem einen hoch und weit und steil und schwierig erscheint, ist für den anderen ein Dackelsprung – und umgekehrt. Wie kann ein Blätterberg anstrengender sein als die Besteigung eines Felsenungetüms, das irgendwo im Himmel endet? Mein Frauchen zieht offensichtlich äußere Berge inneren Bergen vor. Obwohl man schließlich beide Schritt für Schritt erklimmen muss. So groß ist der Unterschied gar nicht.

Wenn ich bei einer Bergwanderung dabei sein darf, genieße ich die vielen tausend Dackelschritte rauf und runter sehr. Ich bin ja bodennah gebaut und habe einen stabilen Vier-Pfoten-Antrieb. Deswegen bin ich sehr trittsicher. Nur wenn's zu ausgesetzt wird, darf ich nicht mit. Zu gefährlich, sagt mein Frauchen dann. Dabei klingt *ausgesetzt* in meinen Ohren eher gemütlich als gefährlich, eher nach „Pause machen" als nach Absturzgefahr.

Diesen Sommer haben wir ein paar bayerische Hausberge bestiegen, mein Frauchen und ich. Zum Beispiel den Jochberg. Das war klasse! Im Schatten auf einem schönen Serpentinenweg durch den Wald hinauf bis zum Gipfelkreuz. Oben prima Fernsicht. Dann hinunter zur Alm. Und beim kleinen Haus auf dem Hausberg wird endlich der Rucksack geöffnet und leckeres Futter herausgeholt. Für Frauchen und mich. Nach so einem Marsch schmeckt es mir immer besonders gut! Im Rucksack ist auch mein Wassernapf und die große Wasserflasche. Und ein dicker Knochen für mich.

Den Rucksack, mit allem was drin ist, finde ich toll! Wenn ich mal nicht weiter kann oder die Felsstufen zu hoch sind, dann steckt mich mein Frauchen auch kurzerhand hinein und trägt mich ein Stück.

Ein Menschenschritt von Stein zu Stein ist für mich ja wie ein Steilhang, die Überwindung einer dicken Baumwurzel eine halbe Kletterpartie und hohes Gras wie die Durchquerung eines Dschungels. Bei der nächsten Wanderung schnalle ich mir eine GoPro-Kamera auf den Kopf. Dann kann Mensch mal sehen, wie ein Dackel so einen Berg erlebt. Und ich wette: Jeder noch so große Berg Arbeit und jeder noch so steile Anstieg ist dann kaum noch der Rede wert. Wie gesagt: Alles eine Frage der Perspektive.

Es grüßt
voller Weitblick und mit bester Kondition

 *Pepe*

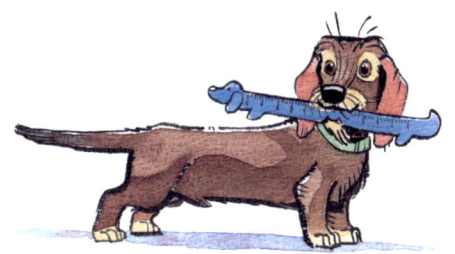

Linientreu

Dackel sollten auf ihre Linie achten. Wenn sie zu viele Würste verspeisen, werden sie selbst eine Wurst auf Beinen. Ein *sausage dog*, wie die Amerikaner spöttisch sagen. Mich kränkt das nicht, denn manche Amerikaner essen ja selbst zu viele Würste und sind dann dick und rund. Und für mich ist meine Linie sowieso kein Problem. Ich bin athletisch und gut in Form.

Wir Dackel haben eine sehr charakteristische Form. Von allen Hunderassen sind wir vermutlich optisch am prägnantesten und schon aus der Ferne gut zu erkennen. Welcher Hund lässt sich mit einem einzigen Linienzug aufs Papier zeichnen? Richtig: der Dackel! Pablo Picasso hat einen von uns für sein berühmtes Kunstwerk ausgewählt, und ich staune, wie genau er mich und meine Artgenossen dabei getroffen hat. Schnauze, Schlappohr, Rücken, Rute, Po und Bein – alles dran!

Ein Dackelrücken ist lang. Idealerweise in gerader Linie zwischen Nase und Schwanzspitze ausgerichtet. Darum eignen wir uns auch gut als Lineal. Mein Frauchen hat so ein Dackellineal. Aus Holz. 30 cm lang. Ich bin mit Schwanz sogar noch ein bisschen länger.

Eine klare Linie finde ich gut. Mein Frauchen auch. Wir wissen beide, was wir wollen und was wir nicht wollen. Richtlinien sind praktisch, denn man kann sich gut daran orientieren. Allerdings: Allzu gerade ist auch nix! Denn so läuft der Hase nun mal nicht. Ein bisschen Zickzackkurs muss sein. Zum Beispiel beim Spazierengehen. Meine Nase führt mich dabei von der rechten Seite des Wegs zur linken, dann wieder nach rechts, dann ganz schnell und plötzlich wieder links, rechts, Mitte, links, rechts, links, Mitte ... Und manchmal ziehe ich zwischendurch auch die Dackelbremse, stoppe unvermittelt und setze einen wichtigen Pieselpunkt. Wenn mein Frauchen die Leine dran hat, dann schimpft sie ein bisschen und zwingt mich für eine Weile in einen geraden Kurs an ihrer Seite. Ein Stückchen Weg mache ich das brav mit, ist ja auch mal ganz nett und bringt etwas Ruhe rein. Aber irgendwann bestehe ich darauf, wieder meine eigene freie Linie zu ziehen.

Übrigens: Bei aller Gradlinigkeit habe ich auch etwas Schräges an mir. Wenn meine Pfoten nass sind, kann man es gut erkennen. Ich hinterlasse nämlich eine diagonale Spur! Alle vier Pfoten sind dann hintereinander in einer schrägen Linie angeordnet. Das liegt an meinem speziellen Gang. Ich habe eine kleine Schieflage in meinem Körperbau. An diesen diagonalen Pfotenabdrücken kann man mich gut erkennen.

Gerade oder schräg – manchmal verliert man seine Spur. Das passiert jedem mal. Was tun, wenn man aus der Spur geraten ist? Ich halte erst mal inne. Dann blicke ich mich in Ruhe um. In alle Richtungen. Anschließend beginne ich, nach etwas Vertrautem zu schnüffeln und suche meinen letzten Pieselpunkt auf. Von dort aus komme ich dann in der Regel wieder auf Kurs. Spuren verlieren sich eben manchmal. Das ist normal. Und eigentlich wird's genau an so einem Punkt spannend. Man muss seine Sinne schärfen, auf Zeichen am Wegesrand achten – und wenn dann auf einmal irgendwo in der Ferne eine vertraute Stimme erklingt, dann kann man dieser sicheren Spur mit klopfendem Herzen und wehenden Ohren folgen und sich dabei unbändig freuen!

Es ist schön, in der Spur zu sein. Und es ist auch schön, etwas neben der Spur zu sein oder gar die Spur zu wechseln. Mal so und mal so.

Es grüßt
der eigenen Linie treu

 Pepe

Waldifonds

Neulich waren wir beim München Marathon – mein Frauchen und ich. Als Zuschauer. Da laufen an einem Tag 4.000 Menschen quer durch die Stadt. Heuer schien die Sonne, an jeder Ecke gab's Musik, es war eine fröhliche Stimmung. Und da wir ja im Herzen von München wohnen, kommen die Läuferinnen und Läufer praktisch an unserer Haustüre vorbei.

Ich war ganz aufgeregt und wäre am liebsten ein Stück mitgelaufen. So ein Dackellauf liegt mir nämlich. Ich

bin topfit und sehr ausdauernd. Aber mein Frauchen
hat den Kopf geschüttelt. „Pepe", hat sie gesagt, „du
bist zwar ein berühmter Isarpilger und hast in deinem
Leben schon so manche Strecke auf vier Pfoten zurück-
gelegt. Doch so ein Marathon ist eine andere Nummer. Und du bist auch nicht mehr der Allerjüngste."
Nun, wo sie recht hat, hat sie recht. Aber eine Schlag-
zeile auf der Titelseite der *Süddeutschen Zeitung*, in
der *Abendzeitung* oder im *Münchner Merkur* hätte
mir schon gefallen ...

BRAVO! RAUHAARDACKEL PEPE MEISTERT
MÜNCHEN MARATHON!

Oder so ähnlich.

Im September bin ich 9 geworden. Neun Hundejahre
entsprechen 63 Menschenjahren. Wir Hunde machen
7er-Sprünge, während der Mensch einfach nur von
Jahr zu Jahr altert. Wie auch immer. So langsam
kommt auch für mich die Zeit, über eine Altersvorsor-
ge nachzudenken. Ich hab's natürlich leicht, denn meine Sicherheit, ob jung, ob alt, ist mein Frauchen. Den-

noch habe ich zusätzlich auf meine Art Vorsorge getroffen. Ich habe in Waldifonds investiert. Die gibt es seit 1972, und sie sind äußerst wertstabil.

1972 war ein außergewöhnliches und in der Dackelhistorie sehr wichtiges Jahr. München lag damals mit seiner Dackelpopulation an der Weltspitze und konnte 24.019 Stammbucheintragungen von Kurzhaar-, Langhaar- und Rauhaardackeln verzeichnen. Der Dackel war das typische Haustier eines Münchner Bürgers. Am 10. Januar 1972 weihte Oberbürgermeister Hans-Jochen Vogel in seiner letzten wichtigen Amtshandlung die Fußgängerzone mit einer Dackelparade ein. Und der Sportfunktionär Willi Daume hatte die Idee, für die anstehende Olympiade einen Dackel als Maskottchen zu wählen. Das allererste Olympia-Maskottchen überhaupt! Das war der berühmte, von Otl Aicher in allen Regenbogenfarben gestaltete Waldi. Willi Daume hatte übrigens selbst einen Dackel und wusste, dass unsere Rasse für Zähigkeit, Beweglichkeit, Ausdauer und Widerstandsfähigkeit steht. Der ideale Glücksbringer für jede Sportlerin und jeden Sportler!

Bei der Olympiade gab es natürlich auch einen Marathonlauf. Damals wohnte mein Frauchen (noch ohne mich!) ganz in der Nähe vom Olympiapark. Und da kamen die Marathonläufer direkt an ihrer Haustüre vorbei. Mein Frauchen war noch klein und kaum größer als ein Dackel (hochkant), aber als sie die Marathonläufer sah, da fühlte sie sich inspiriert und begann zum ersten Mal selbst zu laufen. Ganz ohne Hand halten oder Leine. Und seitdem läuft sie und läuft und läuft ... Ein Glück für mich, denn ich darf sie auf ihren Wegen begleiten!

Im Münchner Olympiapark gehen wir auch öfters spazieren. Da kann man wunderbar hügelauf und hügelab sausen. Und wenn's mal regnet, gibt es riesige durchsichtige Dächer, die einen beschirmen. Nicht zu vergessen, der hohe Turm mittendrin, an dem man perfekt das Bein heben kann!

Die vielen verkauften Waldis aus Plastik und Plüsch brachten damals übrigens 5 Millionen Mark ein. Eine gute Startbasis für die Waldifonds. So eine Dackelkapitalanlage, sagt mein Frauchen, ist goldwert. Dackel stehen hoch im Kurs. Die Anzahl der Dackel mit Stammbucheintragung steigt stetig, auch wenn wir noch ein Stück entfernt sind von den maximalen Zahlen vor bald 50 Jahren.

Doch ich wage zu behaupten: Wer in einen Dackel investiert, investiert gut. Auf einen Dackel ist Verlass.

Es grüßt
mit minimalen Kursschwankungen

 *Pepe*

Yoga mit Dackel

Grundsätzlich ist es gut, seine Sehnen zu dehnen. Mein Frauchen scheint sich nach Dehnen zu sehnen, denn sie hat in diesem Herbst einen Yogakurs gebucht. Und ich darf mitkommen. Allerdings muss ich im Vorraum warten. Dort liegt zwar meine Hundedecke und ein kleiner Knabberknochen bereit, aber ganz ehrlich: Ich wäre lieber mit dabei im großen, warmen Yogaraum. Da gibt's nämlich – das hab ich durch den Türspalt gesehen – weiche Matten und flauschige Kissen. Und vor allem gibt's dort nette Menschen, die eigentlich nur auf MICH warten. Ich bin nämlich ein idealer Yoga- und Gymnastikhund. Irrtümlicherweise werde ich in den Vorraum verbannt.

Denn: Wer oder was eignet sich besser als jedes Kissen zur Stütze unter den Kniekehlen beim Liegen? – Richtig: ein Dackel.

Wer oder was hilft bei der Vorbeuge, die Hände leicht abzustützen und verbreitet dabei zugleich eine angenehme Wärme? – Richtig: ein Dackel.

Wer oder was kuschelt sich gemütlich in den Schoß bei jeder Form des meditativen Atmens? – Richtig: ein Dackel.

Wer oder was hat exakt dieselbe Form wie eine Faszienrolle und schmiegt sich geschmeidig unter jeden erdenklichen Körperteil? – Richtig: ein Dackel.

Wer oder was sitzt oder steht beim Vierfüßlerstand unter einem und bereichert die Übung mit kleinen Liebesbekundungen? – Richtig: ein Dackel.

Wer oder was schmiegt sich in der Bauch- oder Rückenlage seitlich an und fördert damit die Tiefenentspannung? – Richtig: ein Dackel.

Die Liste ließe sich fortsetzen. Ein Dackel eignet sich durch Form, Größe und Wesen ideal als Unterstützung beim Yoga.

Während ich mich also draußen im Vorraum etwas missmutig auf meiner Hundedecke einrolle und auf mein Frauchen warte, lausche ich auf die Geräusche im Yogaraum. Meistens ist es ziemlich still. Aber einzelne Worte und Sätze erreichen in Abständen meine Schlappohren: „Hinauf in den nach unten schauenden Hund!" – „Den Rücken laaaaaang machen." – „Absenken ins Brett." – „Die Kobra." – „Der Baum." – „Der Held" ...

Da denke ich: Hey, Leute, jetzt macht aber mal halblang. Das alles ist mein Spezialgebiet. ICH BIN ein Hund. ICH HABE einen laaaaaangen Rücken. ICH KANN mich steif machen wie ein Brett. ICH MUSS mein Frauchen vor der Kobra schützen. ICH PIESLE an Bäume. ICH BIN ein Held. WARUM muss ich im Vorraum warten???

Morgens aber, wenn mein Frauchen zuhause ihre Gymnastik macht, da bin ich dabei. Wir zwei sind ein eingespieltes Team. Der Ablauf ist immer derselbe. Zuerst erklingt Musik. Ich werfe eines meiner Schlappohren über den Rand des Hundekörbchens und lausche. Dann beginnt mein Frauchen auf der Stelle zu laufen, langsam und schnell die Arme zu kreisen, die Knie abwechselnd zu heben und schließlich das Becken zu schaukeln. Ich sehe ihr faul von meinem Schlafplatz aus zu. Doch sobald Frauchen – nach den Kniebeugen – in der Grätsche steht und sich nach vorne-unten beugt, springe ich ruckzuck aus meinem Hundekörbchen und werfe mich auf den Rücken zwischen ihre Beine. Sie krault mir in der Vorbeuge den Bauch, und während sie sich nach rechts und links dreht, dehne ich mich ebenfalls und bringe abwechselnd rechts und links meine Nase zur Schwanzspitze. Ich frage mich, Leute, was bringt eine Vorbeuge, wenn du dabei keinen Dackel streichelst? Einige Übungen später, wenn mein Frauchen noch ganz ruhig für eine

Weile im Schneidersitz auf dem Boden sitzt, liege ich gemütlich in ihrem Schoß. Es ist ganz still. Wir atmen gemeinsam.

Und irgendwann dann höre ich die lang ersehnten Worte: „Auf geht's, Pepe!" Ihr glaubt gar nicht, wie schnell ich von der Ruheposition auf die Pfoten komme. Yoga hin oder her, ein Isarspaziergang ist doch das Allerbeste!

Es grüßt
gestreckt, gedehnt und mit langem Rücken

 *Pepe*

Sternstunden

Die Raunächte sind lang und dunkel. Ich verbringe viel Zeit in meinem Hundekörbchen und hänge so meinen Gedanken nach. Sehr gemütlich. Doch wenn ich dann, wie jeden Abend, mit meinem Frauchen die nächtliche Pieselrunde drehe, natürlich mit Leuchti, dann werfe ich gerne einen Blick nach oben und betrachte Mond und Sterne. Am besten geht das außerhalb der Stadt. Dort glitzert es nämlich oben mehr als unten, und man kann die Leuchtpunkte am Himmel sehr viel deutlicher erkennen.

Zum Beispiel den *Kleinen Hund*. Er ist ein treuer Begleiter des Orion. Die alten Griechen sagen, er sei ein Jagdhund. Daraus lässt sich ableiten, dass es sich beim *Kleinen Hund* mit großer Wahrscheinlichkeit um einen Dackel handelt. Es ist sehr schön, einen kleinen Dackel unter den Millionen von Sternen zu wissen. Das gibt mir ein warmes, verbundenes Gefühl.

„Das neue Jahr steht noch in den Sternen", hat mein Frauchen neulich zu einer Bekannten gesagt. Das heißt so viel wie: Wir wissen noch nicht, was kommt, aber die Sterne wissen Bescheid. Darum versuche ich, nachts ein bisschen in den Sternen zu lesen. Doch ich muss zugeben, so richtig klar ist mir die Botschaft bisher nicht geworden. Da halte ich mich doch lieber an meinen persönlichen Leitstern: mein Frauchen. Dem folge ich treu, wie die Hirten dem Stern von Bethlehem. Dann kann nichts schiefgehen.

Welche Zukunft in den Sternen steht ist mir im Grunde genommen wurscht. Wichtig ist, ob ich die leckere Wurst *jetzt* bekomme oder nicht. Aber mein Frauchen sagt: „Wenn ich nicht ein bisschen in die Zukunft blicke, Pepe, dann gibt's nie eine Wurst für dich." Da fällt mir das Märchen ein, wo ganz plötzlich und ohne Plan Sterne vom Himmel fallen und zu Goldstücken werden. Diese Geschichte habe ich schon öfters gehört. Und ich frage mich, ob man wohl auch Würste statt Gold haben kann?

Gerade in den Raunächten ist ja so einiges möglich. Es ist eine besondere Zeit voller Orakel, Omen und Wunder. Die Menschen lesen ihr Horoskop. Da steht drin, was die Sterne wissen. Man muss also gar nicht in den Himmel schauen, sondern einfach nur eine Zeitschrift aufschlagen.

Meine Zukunft ist sonnenklar. Von Bruder *Kleiner Hund* weiß ich: Das neue Jahr wird prima! Es kommt wieder viel Gutes auf mich zu. Mein Fressnapf wird mit Leckereien gefüllt sein, und ab und zu gibt's sogar eine Extrawurst. Ich werde bekannte und unbekannte Wege gehen, mit anderen Hunden spielen und mit lieben Menschen kuscheln. Doch was das Wichtigste ist: Mein Frauchen wird an meiner Seite sein und mich von Augenblick zu Augenblick begleiten! An Stern-

stunden wird es mir nicht mangeln – und wenn überraschend eine Wurst vom Himmel fällt, schnappe ich
sie mir!

Es grüßt
in Vorfreude auf sternenklare Winternächte

 *Pepe*

Pfotenpower

Man sollte die Dinge packen, wenn sie einem vor die Füße fallen. Dafür braucht man natürlich kräftige Pfoten. Und die habe ich. Vor allem vorne. Im Winter grabe ich mich damit durch den Schnee. Wie ein Maulwurf. Das macht Spaß und geht wesentlich leichter, als einen Erdtunnel auszuheben. Buddeln ist toll – so oder so!

Am Anfang, als ich noch ganz klein war, dachte mein Frauchen, ich werde ein Löwe. Wegen meiner großen

Tatzen. Dann bin ich „nur" ein Dackel geworden. Aber Löwenkräfte habe ich tatsächlich. Mit meinen Pfoten halte ich alles fest, was mir lieb und teuer ist: zum Beispiel meinen Knochen, meinen Ball oder meinen kleinen Stoffesel. Beim Spiel ringe ich meinen Gegner mit den Vorderpfoten nieder, und beim Tierarzt wehre ich damit die Spritze für die Impfung ab. Jedenfalls versuche ich es, solange bis sie mir schließlich doch mit allerhand Tricks in den Po gepiekst wird.

Weil meine Pfoten so wichtig sind, passe ich sehr gut auf sie auf. Keiner darf sie festhalten, außer meinem Frauchen. Aber nur in Ausnahmefällen, wenn sie mir eine Klette oder einen Schneeklumpen entfernt. Natürlich werden meine Pfoten vorne und hinten regelmäßig gesäubert. Menschen putzen ja auch ihre Schuhe. Im Winter schmiert mir mein Frauchen Vaseline drauf, wegen dem Streusalz in der Stadt. Vaseline schmeckt mir gut. Ich schlecke sie sehr gerne ab, gleich nachdem sie aufgetragen wurde.

Leute, ihr ahnt ja gar nicht, auf wie viele verschiedene Böden ich meine Pfoten in diesem Leben schon gesetzt habe: Teerstraßen, Sandstrände, Heidekrautwege, Waldböden voller Moos, Blätter, Tannennadeln und Brombeerranken, grüne Hügel und frische Odelwiesen, Isarkiesel, Matsch und Moor, Schafwollteppiche, Parkett, Steine aller Arten, Bergpfade und Holzstege. Jeder Untergrund fühlt sich anders an, und neben den Eindrücken, die ich mit Nase und Ohren aufnehme, sind meine Pfoten die wichtigste Orientierung für mich.

Menschen mit ihren hundert Paar Schuhen können sich nicht vorstellen, wie man mit einem einzigen 4er-Set an Pfoten auf Lebenszeit durch jede Witterung kommt. Ich glaube, mein Frauchen ist neugierig darauf geworden. Sie hat sich letzten Sommer Barfußschuhe gekauft, und sie zieht sehr oft beim Spazierengehen die Schuhe aus.

Hundepfoten decken ein großes Spektrum ab. Von kraftvoll bis zart. Ich kann auch ganz leise gehen, sozusagen auf Zehenspitzen. So schleiche ich mich zum Beispiel bei meinem Frauchen ans Bett und sehe nach, ob sie schläft. Behutsam setze ich dann meine Tatzen aufs Parkett, damit kein hörbares Geräusch entsteht. Eine Katze könnte nicht leiser sein!

Pfote geben habe ich übrigens damals in der Hundeschule gelernt. Dieses Spiel ist meiner Meinung nach kompletter Blödsinn und geht mir eigentlich gegen den Strich. Aber für ein Stück Wurst oder ein Lob mach ich's halt.

Doch manchmal, wenn mein Frauchen verzagt ist und sie der Mut verlässt, dann lege ich meine Vorderpfote freiwillig in ihre Hand. Meine Tatze passt genau in ihre Handfläche. Auf diese Weise gebe ich ihr etwas von meiner Löwenkraft, und dann ist sie bald wieder ganz zuversichtlich und sagt: „Pepe, kein Problem, das packen wir schon!"

Pfote zum Gruß!

 Pepe

Neues Ufer

Leute, es gibt was zu erzählen! Ich ziehe bald um. Und zwar einen Fluss weiter: von der Isar an die Donau. Von Oberbayern in die Oberpfalz. Eigentlich keine große Sache. Und doch für einen kleinen Dackel wie mich ein ziemlicher Weltenwechsel.

Ursprünglich komme ich ja vom Tegernsee. *Pepe vom Tegernsee* steht in meinem Stammbuch. Das bayrische Oberland wurde mir direkt in die Wiege gelegt. Wildfluss und Alpenblick habe ich mit der Muttermilch aufgesogen. Außerdem natürlich den wunderbaren See mit seinem glasklaren, kühlen Wasser, das hervorragende Trinkqualität hat. Wenn jemand weiß, wie Oberbayern riecht und schmeckt, dann ich!

Mit neun Wochen bin ich dann bei meinem Frauchen eingezogen. Im Herzen von München. Dort hab ich mich gleich sehr wohlgefühlt. Mein erster längerer Spaziergang auf noch ganz unerfahrenen Pfoten führte mich an die Isar. Und kaum hatte ich meine Nase hineingetunkt und das frische Wasser gekostet, wusste ich: Das wird meine Heimat. Das wird mein Lebensmittelpunkt.

Fast täglich gehe ich seither dort Gassi. Und bei unserer großen Pilgertour sind mein Frauchen und ich auch schon den gesamten Fluss entlanggewandert. 300 km. Na ja, 292 km, um genau zu sein. Von der Isarquelle im Karwendelgebirge bis zur Mündung in die Donau. Eigentlich ist es also sehr passend, dass mich mein wilder Lebensfluss nach über neun Jahren nun noch einmal ein Stück weiterträgt, bis zum nördlichsten Punkt der Donau: nach Regensburg.

Ein Abschied ist es dennoch. Und ein bisschen traurig bin ich schon. Schließlich kenne ich hier in der Isarvorstadt fast jeden Hund, und mein allerbester Freund Timmy aus der Baumstraße wird mir sehr fehlen. Ich liebe meine Gewohnheiten und Rituale, die vertrauten Wege, die bekannten Gerüche und die Tatsache, dass mich auf der Straße fast jeder kennt. Ich weiß genau, in welchem Geschäft ich ein Leckerli oder eine Streicheleinheit bekomme. In unserem Viertel bin ich eine feste Größe.

Doch wenn ich dieser Tage einmal etwas ratlos in meinem Hundekörbchen liege und meinen Gedanken nachhänge, flüstert mir mein Frauchen ins Schlappohr: „Pepe, das Leben ruft! Ist man zu traulich eingewohnt, dann droht Erschlaffen. Es ist Zeit, Vertrautes zu verlassen und zu neuer Reise aufzubrechen. Hab keine Angst, denn jedem Anfang wohnt ein Zauber inne, der dich beschützt." Das, was mein Frauchen da sagt, ist noch länger. Ich glaube, die Worte stammen von einem berühmten Dichter. Auf jeden Fall aber klingt es schön und beruhigend, und ich denke, ich habe die Botschaft verstanden.

Aber noch weiter in den Norden ziehen wir nicht! Das hat mir mein Frauchen ganz fest versprochen. Die Donau macht ja in Regensburg wieder einen Knick nach Süden, sodass wir uns zu gegebener Zeit ganz gemütlich flussabwärts treiben lassen und dann entweder die Isar Richtung München oder den Inn Richtung Chiemgau hinaufpaddeln können. Eine Rückkehr zu meinen Wurzeln ist also über Wasser oder über Land möglich.

Jetzt aber erst mal auf nach Regensburg! Ich kenne das Städtchen ja schon seit einigen Jahren von meinen regelmäßigen Besuchen dort. Mein Revier ist also größtenteils bereits markiert. Und was mich besonders freut: Mein Rudel erweitert sich! Bald leben wir in einer 3er-WG! Und einen Garten für mich gibt es auch.

Meine Frühlingsgefühle werde ich also statt in den Isarauen am Donauufer ausleben! Süße Hündinnen, die gut riechen, laufen schließlich überall herum! Dafür habe ich eine ausgezeichnete Nase. Bei meinem letzten Ausflug in die Oberpfalz bin ich gleich mehreren Dackeln und Dackelinen begegnet ...

Ich sag's euch, Leute, die Dackel sind im Kommen. Nicht nur in München, sondern auch in Regensburg! Und ich bin ganz vorne mit dabei!

Es grüßt
mit einem lachenden und einem weinenden Auge

 Pepe

Dackelparade

Stellt euch vor: Neulich gab's in München eine große Dackelparade! Mit polizeilicher Straßensperre, Presse, Livemusik und jeder Menge Trubel. Und ich war dabei – klar! Über 100 Dackel sind mitmarschiert. Erst dachte ich ja, die sind alle gekommen, um mich würdig zu verabschieden. Weil ich doch seit Neuestem meinen Zweitwohnsitz in Regensburg habe und nicht mehr jeden Tag in der bayrischen Hauptstadt herumstrolche. Aber dann hab ich erfahren, dass der Anlass eine Sonderausstellung über uns Dackel ist. Im *Karl*

Valentins Musäum am Isartor. Da gibt es ganz viel Spannendes über unsere Rasse zu erfahren.

Dackel unter sich, das ist echt eine coole Sache. Wir sind halt alle vom selben Schlag. Kurzhaar, Langhaar, Rauhaar, Standard-, Zwerg- oder Kaninchenteckel – alles dabei! Ein paar einzelne Kläffer, ein oder zwei Machos mit Staralüren, aber ansonsten lauter tiefenentspannte und freundliche Kameradinnen und Kameraden. Bei den Herrchen und Frauchen verhält es sich ähnlich.

Fast 7.000 Dackel sind zurzeit in München gemeldet. Tendenz steigend. Im Jahr 1972, als zum Auftakt der Olympiade die erste große Dackelparade in München stattfand, waren es um die 24.000. Aber glaubt man den Rufen der Zuschauer, welche uns in großer Menge am Straßenrand angefeuert haben, dann wird sich wohl bald jeder zweite Münchner einen Dachshund zulegen.

Hoffentlich nicht! Ein Dackel ist nämlich kein Schoßhund, sondern maximal viel Hund auf minimalem

Raum! Mit einem Dackel muss man können. Nicht viele Menschen taugen zum Dackelbesitzer. Erziehen lässt sich ein Dackel nämlich nur von jemandem, der ihm das Wasser reichen kann. Konsequenz, Humor, Scharfsinn, Mut und ein großes Herz sind die Grundvoraussetzungen, um mit einem Dackel durchs Leben zu gehen.

Na, jedenfalls hab ich am Tag der Parade gleich gespürt, dass etwas in der Luft liegt. „Pepe, du musst dringend übergebürstet werden", sagt mein Frauchen am Morgen und schwingt den Hundekamm durch die Luft. Ich lasse mich augenblicklich auf die Seite fallen und präsentiere meinen Bauch. Bürsten mag ich. Das kitzelt so schön. Nur an die Pfoten darf keiner ran. Da bin ich empfindlich. Nach der Fellpflege zieht sich mein Frauchen ein T-Shirt an, das ich noch nie an ihr gesehen habe: mit einem goldenen Dackel drauf! Und ich bekomme ein rotes Tuch umgebunden, zusätzlich zum Halsband. Fesch schaun wir aus, wir zwei.

Und dann geht's los! Treffpunkt für die Parade ist das *Deutsche Museum*. Gleich an der Isar. Als wir ankommen, sehe ich jede Menge Menschenbeine und dazwischen, daneben und dahinter jede Menge Dackel. Mit von der Partie ist auch ein riesengroßer Holzdackel auf Rädern, in den man sogar hineinschauen kann. Die Gucklöcher sind allerdings zu hoch für mich. Wie des Dackels Innenleben wohl aussieht? Es gibt auch Menschen im Dackelkostüm, die bei der Parade mitlaufen, und ein paar andere seltsame Kreaturen. Etwas albern. Vor allem, weil sie auf zwei Beinen gehen statt auf vieren. Aber der Mittelpunkt sind natürlich *wir* – die Münchner Dackelinen und Dackel. Wie große Stars ziehen wir vom Museum zum Gasteig und von dort weiter zum Isartor. Wer ein gutes Foto von uns machen will, muss sich platt auf die Straße legen und unsere Nasenhöhe einnehmen. Sonst erwischt der Fotograf nur Menschenbeine und vielleicht die eine oder andere Schwanzspitze.

Fast eine Stunde sind wir unterwegs. Wir dackeln gemütlich vor uns hin. Die Sonne lacht vom blauen Himmel. Kaiserwetter!, sagen die Leute. Mein bester Freund Timmy und ich laufen Seite an Seite. So können wir uns alles Wichtige gleich ins Schlappohr flüstern. Hin und wieder komme ich auch mit anderen Dackelkameraden ins Gespräch oder schnüffle einer süßen, duftenden Dackeldame hinterher. Wirklich anregend! Von mir aus könnte es so eine Parade öfters geben. Gerne auch direkt an der Isar und ohne Leine!

Nach dem Dackellauf sinke ich todmüde in mein Hundekörbchen. Meine Nase hat so viele Informationen aufgenommen, die müssen jetzt erst mal verarbeitet werden. Im Schlaf, so erzählt mir mein Frauchen später, fiepe ich und trommle mit meiner Rute auf den Boden. Lebhafte Träume sind nach einem solchen Großereignis ja keine Seltenheit!

Inzwischen bin ich mit meinem Frauchen wieder in Regensburg angekommen. Die oberpfälzer Provinzdackel hier staunen nicht schlecht, wenn ich beim Donauspaziergang von der prächtigen Parade in der bayrischen Hauptstadt erzähle. Vielleicht können wir das ja hier auch mal machen, denke ich mir. Ein Marsch an der Donau entlang, über die Steinerne Brücke, mit Zielpunkt an der berühmten Wurstkuchl – das wäre doch eine Idee!

Ihr seht, Leute, ich habe weiterhin viel vor. Ob in München oder in Regensburg. Dackel voran! Ich werde euch davon berichten.

Es grüßt
mit stolzgeschwellter Dackelbrust

 Pepe

Ausblick

Ich freue mich. Schon gleich am frühen Morgen. Der Ausblick ist gut. Ich höre die vertrauten Geräusche, die mir sagen, dass mein Frauchen wach ist. Stürmisch begrüße ich sie. Bald kommt die erste Spazierrunde. Ich kann es kaum erwarten! Sobald wir zurück sind, wird mein Futternapf mit etwas Feinem gefüllt. Wenn Frauchen dann vormittags am Schreibtisch sitzt und arbeitet, liege ich an ihren Füßen und genieße den Ausblick in den Garten. Scheint die Sonne, lege ich mich auf die warmen Holzbohlen der Terrasse und wärme mir das Fell. Nach dem Mittagessen machen wir meist einen längeren Ausflug in die Natur. Ich darf sausen und schnuffeln und Löcher graben. Und ich freue mich, wenn ich sehe, wie sich mein Frauchen freut, dass ich mich so freue!

Ich hab's wirklich gut getroffen: Freude durch und durch! Und wenn mal nichts los ist und Frauchen den Rucksack samt Dackel für Momente an den Nagel hängt, dann freue ich mich auf den Ausblick. Denn ich bin sicher: Die nächste Wurst wird kommen, das

Leben bleibt abwechslungsreich, abenteuerlich und schön. Und erzählenswert! Darum schreibe ich meine Dackelbriefe. Jeden Monat einen. Und wer nicht bis zum nächsten Buch warten will, kann sie abonnieren: **www.dackelpost.com** oder mir selbst einen Brief schreiben: **pepe@dackelpost.com**.

P. S. So einen tollen Dackelrucksack aus bestem Lodenstoff bekommt man übrigens beim Hubertus in München: **www.hubertusloden.com**. Da liegt man sehr bequem drin und hat einen tollen Ausblick!

Nachwort der Herausgeberin

Hier sind sie – die ersten 25 Briefe von Rauhaardackel Pepe in einem handlichen Geschenkbuch für Groß und Klein. Beim Umzug von München nach Regensburg entdeckte ich die Dackelpost, sorgfältig vergraben unter einem dicken Kissen, in Pepes Hundekörbchen. Der Autor willigte mit begeistertem Schwanzwedeln in die Veröffentlichung seiner Briefe ein. Ich bin sicher, der Blick dieses kleinen, selbstbewussten Hundes auf Alltag und Leben wird das Herz vieler Leserinnen und Leser erfreuen und ihre eigene Wahrnehmung erweitern. So ein Dackelblick öffnet ja bekanntlich Tür und Tor. Niemand kann ihm widerstehen!

Ein großer Dank geht an alle, die meinen Hund in den letzten zehn Jahren mit begleitet haben, und besonders an Jan Saße, der mit seinen Zeichnungen Dackel Pepe aufs Treffendste abgebildet hat.

Cordula Carla Gerndt, April 2020
www.geschichtenpraxis.de